Cenicienta

Adaptación: Luz Orihuela Ilustración: Maria Espluga

Combel
EDITORIAL

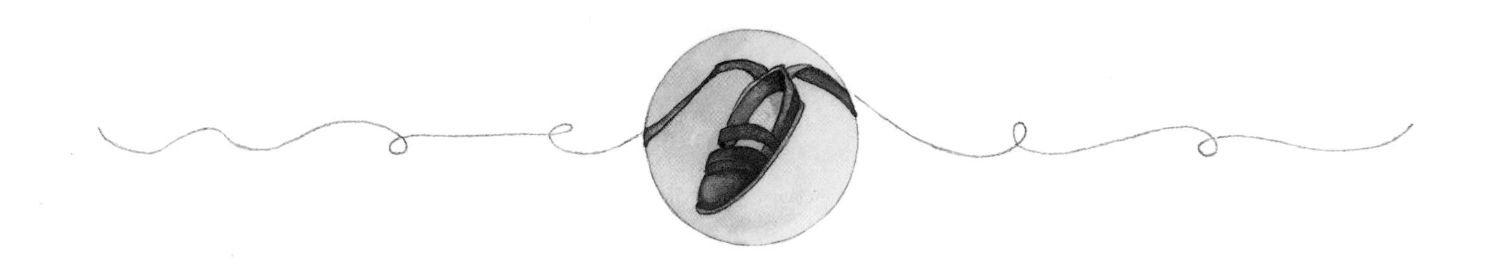

Érase una vez una pequeña huérfana.
Su madre había muerto
cuando ella era muy niña,
y su padre se volvió a casar.

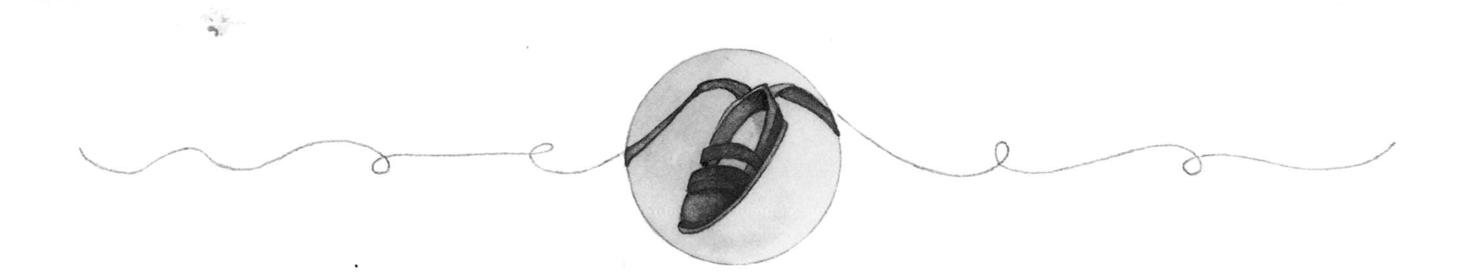

Pero la mala suerte
hizo que también su padre muriera
y la niña se quedó a vivir
con su madrastra y sus dos hijas.

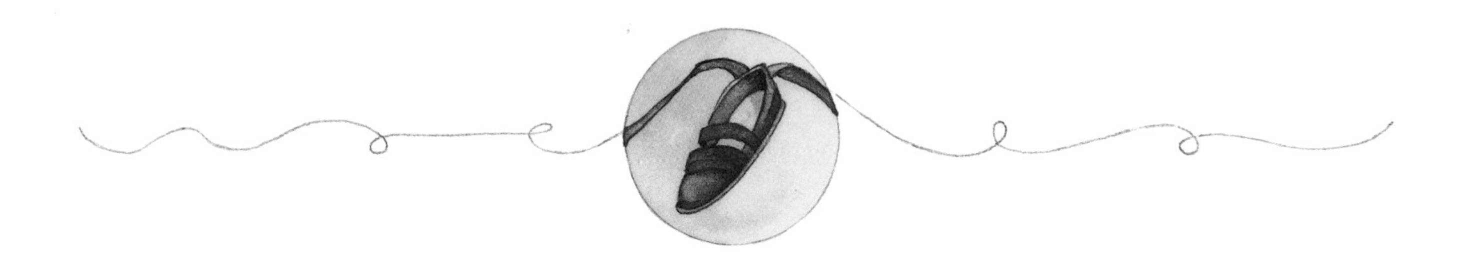

–No pienses
que vivirás como hasta ahora;
harás todas las tareas de la casa
–le dijo su madrastra.
Y como siempre andaba entre polvo y
ceniza, la llamaron Cenicienta.

Un día se presentó en la casa
un mensajero real que les dijo:
–Estáis invitadas al gran baile
que el príncipe celebrará en palacio.

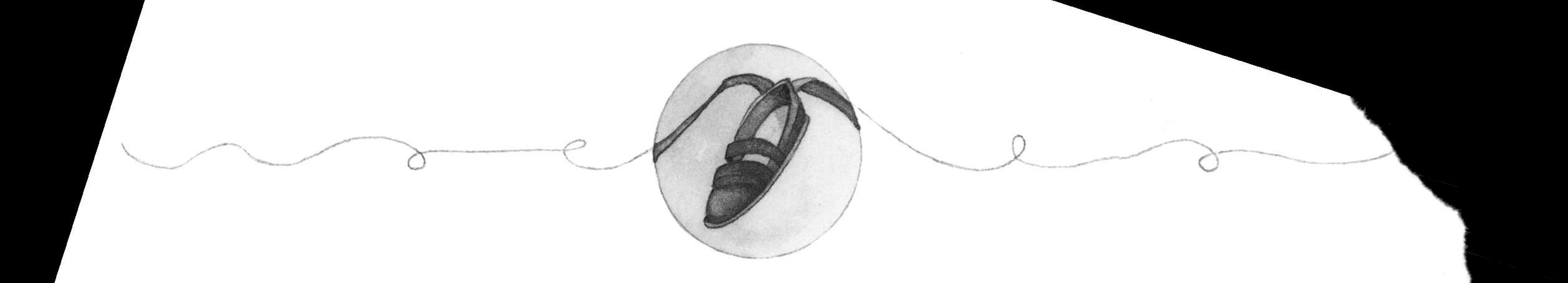

Y desde entonces, en casa de Cenicienta
no hubo ni un minuto de descanso.
¡Menudo trajín! La madrastra y sus hijas
tenían que hacerse los vestidos
para el baile.

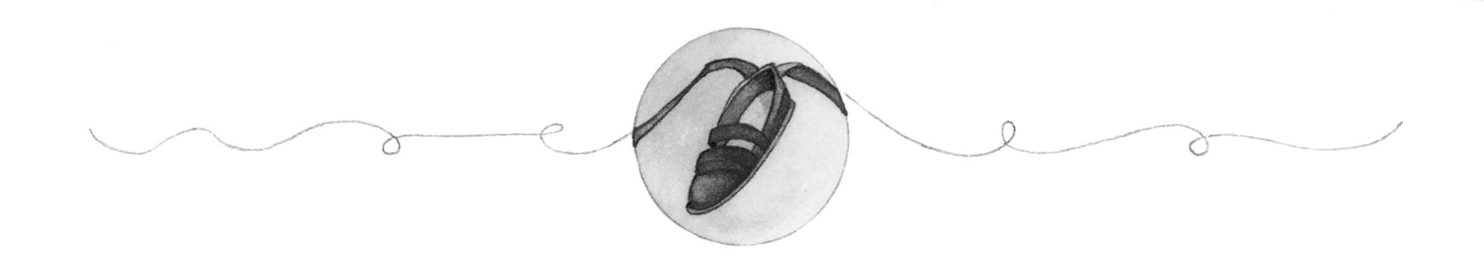

El día del baile, cuando ya marchaban hacia palacio, dijeron riendo:
—¡Qué pena que no puedas venir, Cenicienta!, pero alguien debe ocuparse de la casa mientras nosotras bailamos.

Y mientras Cenicienta trabajaba y lloraba sin parar, se le apareció un hada y le dijo:
–No llores; con este bonito vestido y la carroza que saldrá de esta calabaza, irás al baile. Pero no olvides que, a medianoche, acabará el hechizo.

Nada más entrar en palacio,
el príncipe quedó prendado de su belleza
y no dejó de bailar con ella.
Pero al llegar las doce,
Cenicienta echó a correr
perdiendo uno de sus zapatos
por el camino.

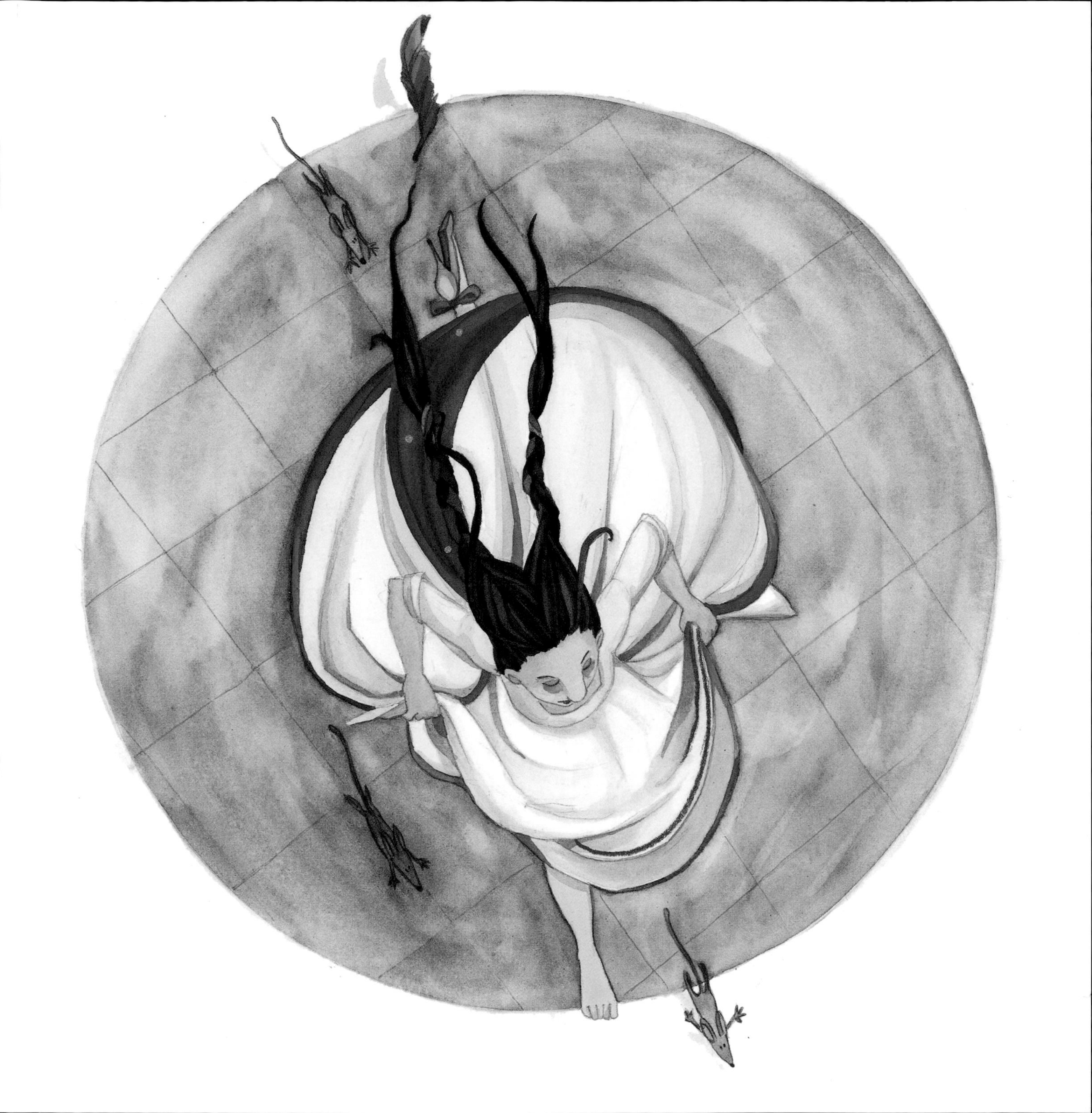

Al día siguiente, el príncipe y sus criados
fueron de casa en casa buscando
a la misteriosa joven.
Pero nadie conseguía ponerse
aquel delicado zapatito;
unas veces por grande, otras por pequeño,
el zapato no entraba.

Tampoco las hermanastras lo consiguieron.
–Puede que sí, puede que no;
puede que sí fuera yo
–oyeron decir a Cenicienta
mientras se ponía el zapato
como si fuera un guante.

Y dejando a todo el mundo
con la boca abierta,
el príncipe la reconoció
y se la llevó con él a palacio
para siempre jamás.

Caspe, 79. 08013 Barcelona
Tel.: 93 244 95 50 – Fax: 93 265 68 95
combel@editorialcasals.com
Diseño gráfico: Bassa & Trias
Primera edición: septiembre de 2003
ISBN: 84-7864-777-5
Depósito legal: M-29.056-2003
Printed in Spain
Impreso en Orymu, S.A. - Pinto (Madrid)

CABALLO ALADO **clásico**

serie **al PASO**

Selección de narraciones clásicas, tradicionales y populares de todos los tiempos. Cuentos destinados a niños que comienzan a leer. Las ilustraciones, divertidas y tiernas, ayudan a comprender unas historias que los más pequeños pueden leer solos.

serie **al TROTE**

Selección de cuentos clásicos, tradicionales y populares destinados a pequeños lectores, capaces de seguir el hilo narrativo de una historia. Los personajes les fascinarán y sus fantásticas peripecias enredarán a los niños en la aventura de leer.

serie **al GALOPE**

Cuentos clásicos, tradicionales y populares, dirigidos a pequeños amantes de la lectura. La fantasía, la ternura, el sentido del humor y las enseñanzas que se desprenden de cada historia estimularán la imaginación de los niños y les animarán a adentrarse aún más en el maravilloso mundo de la lectura.